E L M I C A L E T G A L À C T I C

ÚLTIMS TÍTOLS PUBLICATS

35. NEU I GOSSOS ¡QUIN EMBOLIC! Enric Lluch / Anna Miralles
36. ALÍ BABÀ I ELS QUARANTA LLADRES. Versió de S. Vendrell i F. Capellino / Maria Espluga
37. EL SAVI CIRIL. Mercé Viana / Quique Soler i Rosa Anna Crespo
38. UNS PAPERS EN UNA CAPSA. Carme Miquel / Joan Arocas
39. LA CASA DELS PELUIXOS. Xavier Bertran / Mabel Piérola
40. LES LLETRES FAN FUGINA. Enric Lluch / J. M. Lavarello
41. EL SOMNI DE FRAN. Jesús Cortés / Francesc Santana
42. TERESETA LA BRUIXETA. Josep Gregori / Ferran Boscà
43. ANÀDIA, LA CIUTAT SUBMERGIDA. Josep Franco / Enric Solbes
44. LA BRUIXA SENSE CURRUIXA. Antón Cortizas / Miquel Àngel Giner
45. JORDI TÚRMIX, APRENENT DE PIRATA. Vicent Marçà / Panxi Vivó
46. GEGANET, ¿ON ESTÀS? Antón Cortizas / Xan López Domínguez
47. EROS, UN HEROI ESPECIAL. Carles Recio / Josep Sanchis
48. ÀLEX & CIA. DETECTIUS. Jesús Cortés / Francesc Santana
49. HISTÒRIES DE POR. Angela Sommer-Bodenburg / Helga Spiess
50. PANXAVERDA I EL DRAC ATXIM. Xoán Babarro i Ana M. Fernández / Marina Seoane
51. INVASIÓ. Josep Gregori / Paco Hernández
52. L'ÀNGEL PROPULSAT I EL DIMONI EMPLOMAT. Enric Lluch / Toni Espinar
53. LA HISTÒRIA DE VILAFARTERA. Vicent Marçà / Horacio Elena
54. PÀNIC A VANCOUVER. Eric Wilson / Richard Row
55. ASSASSINAT EN EL CANADIAN EXPRESS. Eric Wilson / Richard Row
56. 111.111 IDEES PER A ESCRIURE... Vicent Pardo / Josep Vicó
57. EL CAS MISTERIÓS DE LA LLETRA MALALTA. Mercé Viana / Anna Miralles
58. LA PENYA DELS PIRATES. Joaquim G. Caturla / David Salvador
59. ELS VAMPIRS D'OTTAWA. Eric Wilson / Richard Row
60. TERROR A WINNIPEG. Eric Wilson / Gavin Row
61. LA MANSIÓ DEL TERROR. Jesús Cortés / Paco Hernàndez
62. QUINES BÈSTIES! Antoni Albalat / Gerard Miquel
63. UN PINTOR MOLT GUAI. Mercé Viana / Paco Giménez
64. POMETA DOLÇA. Enric Lluch / Inés Luz González
65. QUI T'HA DIT QUE EL MÓN ERA BLANC? M. Jesús Bolta / Vicent Javier Villena
66. ELS ANIMALS AGRAÏTS. Llorenç Giménez / Anna Roig
67. L'ULL DE LA MÒMIA. Jesús Cortés / Francesc Santana
68. PIRATES DE LA MARJAL. Mariano Casas / Joan Arocas - Andrés Carlos López

Col·lecció dirigida per Josep A. Fluixà

Hi ha un quadernet de Propostes Didàctiques, *referides a aquest llibre, que es distribueix de forma gratuïta a tots els ensenyants que ho sol·liciten.*

1a edició: *maig, 1998*
3a edició: *abril, 2000*

Polígon Industrial I - 46600 Alzira
http://www.bromera.com
Disseny: *Enric Solbes*
Impressió: *Romanyà - Valls*
ISBN: *84-7660-380-0*
DL: *B-18257-2000*

PAPER RECICLAT
PROTEGEIX LA NATURA

FOTOCOPIAR LLIBRES
NO ÉS LEGAL

EL MICALET GALÀCTIC

La Penya dels Pirates

Joaquim G. Caturla

Il·lustracions de David Salvador

1. Uns dies al poble

Miquel, Rosamari i Cinto van protestar quan els pares els digueren que havien de passar quinze dies al poble dels avis. Per primera vegada en la vida els tres germans estaven d'acord: ells preferien la platja, anar al poble, a cals iaios, era l'avorriment més gran del món. I quinze dies ni més ni menys! Quinze dies d'agost! Els pares, sens dubte, s'havien tornat bojos.

Però els pares no volgueren ni discutir-ho, tan sols van dir que ells havien de fer un viatge de negocis i que no hi havia altre remei. L'endemà a mitjan matí els ficaren dins el cotxe i, pare, mare i fills, tots amb les cares ben llargues, prengueren la carretera que havia de dur-los fins a Benitallat, un dels llogarets més menuts de la muntanya. Quan l'automòbil pujava la costera que deixava arrere la ciutat, els germans es giraren per mirar amb ulls tristos els últims edificis que es retallaven contra el blau de la mar.

Al cap d'una mica la carretera s'enfilava entre unes muntanyes cobertes de pins i el paisatge es feia més i més abrupte. Dins el cotxe regnava el silenci. El pare volgué trencar-hi el gel:

—Vinga, no feu aquestes cares de mussols, que us ho passareu molt bé i, si feu bondat, els iaios us deixaran anar a la Penya dels Pirates, que diuen que és una muntanya màgica que...

El pare pensava explicar-los l'antiga història d'una muntanya que deien que havia aparegut per aquelles terres misteriosament, com si haguera caigut del cel; però en veure per l'espill retrovisor del cotxe la mirada de fàstic amb què els seus fills acollien les seues paraules, decidí callar. Aprofitant el silenci, Cinto, el més menut de tots, preguntà amb la innocència dels seus vuit anys:

—Pare, tu creus que hi ha màquines de marcianets a Benitallat?

El pare esclafí una rialla mentre Miquel li deia a tall de retret:

—Tu t'imagines els iaios jugant amb les màquines de marcianets?

Miquel tenia tretze anys i era un xicot simpàtic i un poquet geniüt. No suportava que ningú li portara la contrària però, per compensar, li agradaven molt els videojocs, els ordinadors i sobretot la música moderna, com més sorollosa millor. Això era motiu de discussió amb els seus pares, que s'exasperaven quan el veien assegut a taula amb el *walkman* posat.

Amb un any menys que el seu germà, Rosamari preferia les cançons d'amor i sabia de memòria les vides dels cantants més ben plantats del món. No li agradava el seu nom, Rosamari, el trobava ridícul. Ella hauria preferit dir-se d'una manera més artística com ara Noèlia o Sandra. Però, què hi podia fer?, els seus pares no eren gens moderns i no la comprenien, si no, com se'ls havia ocorregut de portar-la, a ella, a aquell poble de mala mort perquè s'hi morira d'avorriment?

Quan entraren al poble, als germans els caigueren les ales del cor. Benitallat era molt més xicotet del que recordaven: la plaça de l'ajuntament, on també hi havia l'església i un bar més vell que la picor, i quatre carrerons costeruts amb casetes baixes. Ja fora del cotxe, hagueren de caminar una mica per arribar a cals avis. Els xiquets no dissimulaven el seu disgust, i aprofitaven l'ocasió més mínima per dedicar-se els uns als altres comentaris burletes:

—Cinto —atacava Miquel—, veges si trobes un lloc per jugar als marcianets.

—I tu, una botiga d'ordinadors —rebotegava l'altre.

Rosamari no deia res, únicament sospirava i feia cara de reina ofesa. El pare també feia cara de mal humor a causa del mal humor dels fills i, per acabar d'adobar-ho, aquell silenci el posava més nerviós encara. Tan sols la mare es fixà en les muntanyes, enormes i majestuoses, que emmurallaven aquella comarca. Ella les coneixia totes:

—Mireu la Serra Campana, i allà dalt, la serra de la Creueta amb el Puig Vermell, i al costat es veu el pic de la Penya dels Pirates, que sembla la proa d'una nau. Heu vist que bonic?

De nou es va fer el silenci; tan sols es va sentir el remoreig de l'aigua de la séquia que vorejava el camí que menava a cals avis. Un vent suau els acaricià la cara i els oferí una olor seca de llenya i plantes silvestres; però se sentien tots massa infeliços per poder apreciar el regal amb què els obsequiava la natura.

La porta de la casa era oberta i quan la família va entrar-hi, trobaren els avis asseguts en unes cadiretes de boga, esperant-los amb cara de fer-se una foto. I de seguida les besades, les abraçades, les llagrimetes i aquelles expressions que Miquel, Rosamari i Cinto coneixien de memòria: «està fet un home», «açò és la perla més preciosa del món» i «vine ací que et bese, mala pell, rei de la casa». I els xiquets dissimulaven i miraven el sostre travessat per gruixudes bigues de fusta.

Els pares marxaren així que acabaren de dinar, evitant les mirades acusadores dels fills. Quan els xiquets es veren tots sols amb els avis, no pogueren amagar un gest de tristesa i es produí un silenci fred, d'aquells que ens fan pensar que se'ns han oblidat les paraules. Notant que alguna cosa no anava bé, l'àvia va parlar:

—Ei, xiquets, seieu aquí i xarrarem una miqueta.

Els tres germans obeïren, convençuts que no hi havia res a fer en aquella casa i en aquell poble. L'àvia s'esforçava:

—Ara farem una becadeta, i després de la migdiada, anirem a l'hort i farem un poquet

d'ametla, i després berenarem, i en acabat traurem les gallines a picossejar pels bancals...

Miquel escodrinyava el sostre ratllat de bigues, Rosamari sospirava amb resignació i Cinto dibuixava en una llibreteta que sempre portava damunt. L'avi volgué dir-hi la seua:

—Què pintes, Cinto?

El xiquet s'alçà i li mostrà el seu dibuix.

—Això sembla un cotxe —afirmà l'avi.

—I tant, iaio, és un Fórmula-1.

El iaio no sabé què dir. En això Miquel descobrí una televisió en un dels racons de la sala. Sense més ni més s'alçà i l'engegà, però la desil·lusió li féu obrir una boca com un rap:

—És una tele en blanc i negre —i continuava prement botonets—, i només s'hi veuen dos canals!

Miquel no s'ho podia creure i es girà cap als avis, com si els en demanara una explicació.

—És que no ens agrada la tele —justificà l'àvia—, no hi fan més que barbaritats.

—I no teniu una parabòlica? —intervingué Rosamari.

Els vells es miraren sense saber què respondre. El iaio, que era una miqueta dur d'oïda, es féu repetir la pregunta. La seua dona li l'aclarí:

—Que diu que si tenim una *caragòlica*.

Llavors l'avi ho va explicar:

—Nosaltres, els caragols, els posem en un gibrell de fang i els hi deixem un dia perquè es netegen i a l'endemà ja es poden cuinar.

Miquel i Rosamari van fer cara de fàstic, però Cinto, a qui havia fet gràcia la història dels caragols, afegí:

—Jo he vist molts caragols, quan veníem cap ací, per la voreta del riu.

—Quin riu? —preguntaren a una veu els avis.

—El riu que hi ha al costat del camí de la vostra casa.

—Això és una séquia, Cinto —aclarí l'àvia.

Després d'això, es féu de nou el silenci i avis i néts es miraren com si foren éssers d'un altre món.

Aquesta vegada fou Rosamari qui va parlar per explicar que ells no tenien costum de fer la migdiada i que preferien eixir a fer una volteta pel poble. Miquel i Cinto hi insistiren i els avis no es van veure amb cor de negar als néts aquell primer capritx: eren uns xiquets tan estranys... Tot i això, el iaio els va advertir:

—No aneu a la Penya dels Pirates. Diuen que hi passen coses rares, moltes ovelles han desaparegut per allí i... moltes altres coses. Alerta amb això.

2. El Mag de l'Esfera

La claror del carrer els obligà a tancar els ulls per uns instants. El poble apareixia desert en aquella hora, fins i tot el camp semblava adormir-se, atordit pel clamor de les cigales. No es movia ni una fulla, tan sols les vespes i algun ocell s'atrevien a solcar l'aire calent. Les campanes del rellotge de l'ajuntament tocaren les quatre.

Miquel exposà els seus plans sabent que els seus germans hi estarien d'acord:

—Anem a la Penya dels Pirates!

Deixaren el poble caminant a bon pas i enfilaren la senderola que feia cap al Puig Vermell. Ben aviat el camí començà a tornar-se més rost i els arbres eren tants i tan grans, que el sol no tocava en terra. De vegades els arribava, des de les capçades dels pins, el refilet d'algun ocell que cantava i tot seguit emmudia, com si tinguera por. Alguna llebre creuava corrents la senda i desapareixia entre la brosta. L'ombra era cada vegada més fosca i el camí els obligava a avançar molt a poc a poc, agarrant-se a les soques dels arbres. Els tres germans callaven: era bonic sentir-se herois de la pròpia aventura.

La pujada es feia cada cop més difícil. De sobte, la llum començà a canviar, com si estranyament s'haguera ennuvolat el cel. Fou el moment en què passaven a l'altra cara del Puig Vermell. El que van veure-hi era tan inesperat que es quedaren sense paraula. Davant d'ells s'estenia un replanell rodejat per unes muntanyes baixes. La gespa que cobria la terra era d'un verd tan intens que recordava el color de la mar els dies de tempesta. Un vent d'olor de pluja girava en remolins suaus, pentinant l'herba al seu pas. I al bell mig una penya punxeguda, com un enorme ullal que eixia de la terra, apuntava cap al cel. Per la forma i per la inclinació recordava la proa d'un vaixell antic a punt de desaparéixer en la mar.

—La Penya dels Pirates! —exclamà Miquel.

—Sembla un vaixell que s'enfonsa —féu Rosamari.

Cinto no badava boca, però els ulls li brillaven imaginant aventures fabuloses.

Els xiquets s'adonaren llavors que tot havia pres un aspecte màgic i inquietant: l'estrany color del cel, d'un blau grisenc, la sentor d'humitat, la remor del vent que semblava voler parlar.

S'acostaren a la Penya dels Pirates amb una mica de por i quan van arribar-hi, comprovaren que la roca era totalment humida. Això els augmentà la por. Aleshores, Cinto descobrí, al peu de la Penya, l'entrada d'una cova.

—Mireu! —cridà.

I des de la profunditat de la terra el crit retornà: «Mireu!» Als germans se'ls eriçonaren els cabells. Després van reaccionar-hi:

—Això no és més que l'eco —digué Rosamari.

Tots tres van mirar l'estranya obertura. La boca de la cova era tan estreta que difícilment podrien entrar-hi, si és que s'hi atrevien. Miquel s'ajupí sobre la cova i, fent un poquet de broma, cridà:

— Hola! Qui hi ha allà baix?

Passats uns segons, tornaren a sentir-se les paraules, barrejades amb altres sons més llunyans i misteriosos. El vent bufà llavors amb

més força i l'herba s'agità amb un moviment que recordava les ones de la mar.

—Com podríem entrar-hi? —preguntà Miquel.

—Jo no hi vaig —parlava la seua germana—, això deu ser un cau de serps i, a més a més, no hi cabem, per aquell forat.

El vent xiulà fort sobre la cova i el bufit sonà com una paraula: «Busca! Busca!».

Els germans feren uns ulls com taronges. No sabien si el que havien sentit era veritat o cosa de la imaginació. Llavors, quan ningú no s'ho esperava, Cinto preguntà amb un fil de veu:

—I què hem de buscar?

La ventada assotà les muntanyes que voltaven aquell lloc i semblà dir: «Paraula, paraula».

Rosamari es negà a continuar amb allò:

—Tot això són ximpleries. Tornem a casa —i començà a caminar.

Veient que els seus germans no li feien cas, preguntà a les muntanyes tota burleta:

—Qui sap la paraula màgica?

Dels arbres que rodejaven el lloc sorgí un ocell de plomes daurades que féu unes quantes voltes per damunt dels tres germans i finalment es posà al capdamunt de la Penya dels

Pirates. Els xiquets se'l miraren meravellats: sobre el cel es retallava aquella magnífica au com si fóra de foc.

L'ocell semblava inquiet, tothora movent el cap a cada costat i xarrotejant sense parar. Els germans pararen l'orella. L'ocell feia estranys sons: «gueig», «pitx». De sobte alçà el vol i féu: «món, món, món». Rosamari exclamà:

—Ha dit «món»!

Tot d'una es va sentir un soroll sord i compassat, com un batec que venia de profunditats llunyanes, la terra s'obrí sota la cova, que s'eixamplà perillosament, i Miquel, Rosamari i Cinto caigueren per un pendent que semblava no tenir final.

La davallada era tan ràpida que els xiquets no tenien ocasió d'aferrar-se a res. I quan semblava que d'un moment a l'altre s'estavellarien contra el fons d'aquell precipici, el pendent se suavitzà i els germans acabaren asseguts enmig d'una gran sala de pedra.

El silenci de la caverna era total, tan sols se sentia per totes bandes un soroll de gotes d'aigua. Una claror difusa il·luminava aquell espai. Amb por, Miquel, Rosamari i Cinto miraven les fileres de columnes de pedra que s'alçaven a cada costat, i al final de la immensa nau descobriren una enorme esfera blava que girava molt a poc a poc. Tot allò semblava cosa d'encantament perquè l'esfera es mantenia suspesa en l'aire tota sola, a un pam del terra. Els xiquets s'hi atansaren esporuguits i quan foren més a prop van veure, assegut en un tron, no molt lluny de l'esfera, un vell que se'ls mirava amb curiositat.

Amb una mà els va fer un gest demanant que se li acostaren i quan els tingué a dues passes, els fità un moment als ulls i digué molt lentament, com si li costara parlar:

—Miquel, Rosamari i Cinto —i s'aturà per respirar—, sigueu benvinguts al meu palau. Jo sóc el Mag de l'Esfera —i no deixava de mirar-los— i governe els quatre elements del món: l'aire, l'aigua, la terra i el foc.

Com que els germans no gosaven parlar, el vell continuà el seu discurs:

—Ja heu vist que sé els vostres noms —i somrigué per tranquil·litzar-los—. Jo sé moltes coses, encara que visc ací dins, perquè el sol, que tot ho veu, m'ho conta tot.

El Mag callà, s'aclofà en el seu tron de marbre negre, i esperà pacientment una resposta. Però els xiquets no es refiaven d'aquella mirada que semblava bondadosa i no obrien la boca. Finalment, Miquel va dir a tall de disculpa:

—Nosaltres només volíem divertir-nos.

Passaren uns segons abans que el Mag de l'Esfera assentira amb el cap, com si haguera tingut alguna dificultat per entendre el que li deien.

—És que els nostres pares ens han portat a Benitallat, però a nosaltres no ens agrada perquè és molt avorrit —Rosamari s'explicava com un llibre obert.

—No s'hi pot jugar a res —reblava Miquel—, i no hi ha ordinadors, ni maquinetes de marcianets, ni res.

—És un rotllo! —sentencià Cinto.

El Mag entretancà els ulls. Tot seguit, amb cara de vindre de molt lluny, digué:

—Ah!, vosaltres voleu divertir-vos i per això heu parlat amb l'oriol, l'ocell daurat que us ha dit la paraula màgica, perquè voleu divertir-vos, ah!

Després canvià el to de veu, que es va fer una mica més sever:

—I, ací, us divertiu?

Els xiquets es miraren sense saber què respondre. El Mag prosseguí:

—Perquè divertir-se no és qüestió de jugar a això o a allò —la veu tornava a sonar més tranquil·la—, divertir-se... no sé com dir-ho...

—Què és divertir-se? —desafià Miquel.

El Mag féu un parell d'estossecs, com si volguera guanyar temps per pensar, s'acaricià lleugerament la barbeta i digué:

—En realitat, divertir-se és oblidar-se del temps.

Els xiquets miraren el Mag amb els ulls esbatanats, sense dissimular que no l'entenien. El vell es veié obligat a explicar-se:

—Vull dir que divertir-se és estar tan bé, que un dia pot semblar una hora, o un minut; i de vegades a l'inrevés, podem ser tan intensament feliços en un instant breu que, quan s'acaba, sembla que ha passat una eternitat.

Per primera vegada Miquel, Rosamari i Cinto somrigueren: havien entés el que havia dit aquell home misteriós. El Mag els va tornar el somriure. Llavors, Rosamari preguntà tota curiosa:

—Perquè serveix aquesta esfera blava?

El Mag dubtà abans de respondre, convençut que la resposta havia de ser llarga i difícil; després, demanant disculpes amb el gest, explicà:

—Ja us he dit que jo sé moltes coses, però com que sóc tan vell, de vegades algunes se m'obliden i el sol tan sols me les conta una vegada; llavors, i gràcies a l'esfera, puc fer viatges en el temps, al passat, i tornar a veure allò que se m'havia despintat.

—Jo vull visitar el passat —tallà Cinto.

—I jo —corejaren Miquel i Rosamari.

El Mag brandà el cap amb expressió de dubte.

—No sé si deuríeu... a més a més, hauríeu d'aprendre moltes coses que no sabeu.

Els xiquets atabalaren el vell explicant-li el munt de llibres que havien estudiat a escola: ells ho sabien tot.

—En els temps antics —aclarí el Mag— la gent no coneixia tot això, però sabien d'altres coses que...

Els germans insistiren, pregaren:

—Nosaltres volem viatjar al passat.

Llavors, amb una energia impensada, el Mag s'aixecà del seu tron i, alçant el bastó que portava a la mà, pronuncià unes estranyes paraules. De seguida l'esfera començà a girar de pressa, cada volta més de pressa, i tot alhora mogué un vent fortíssim que féu voleiar amb fúria la túnica del vell. De sobte els germans es vegeren arrossegats per una força invisible que els atreia cap a l'esfera i van sentir por. Miquel preguntà cridant:

—Podrem tornar-hi?

—Sí —digué el vell amb un somriure enigmàtic—, si ho mereixeu.

Els xiquets no tingueren temps de fer-se'n arrere. Amb un ímpetu extraordinari, foren engolits per l'esfera. En aquell moment s'adonaren que aquell immens globus no era sòlid, com ells havien cregut, sinó que estava fet d'una espècie de fum calent i espés.

Com estranys ocells, els tres germans volaren dins aquella massa de gas, cadascun en una direcció diferent. Per un instant, Miquel es va sentir responsable de tot allò, encara que comprenia que ja no hi podia fer res i que confiava que aquella aventura tindria un bon final. En una de les giravoltes perdé de vista els seus germans i de seguida va notar que començava a caure. No volgué pensar i tancà els ulls.

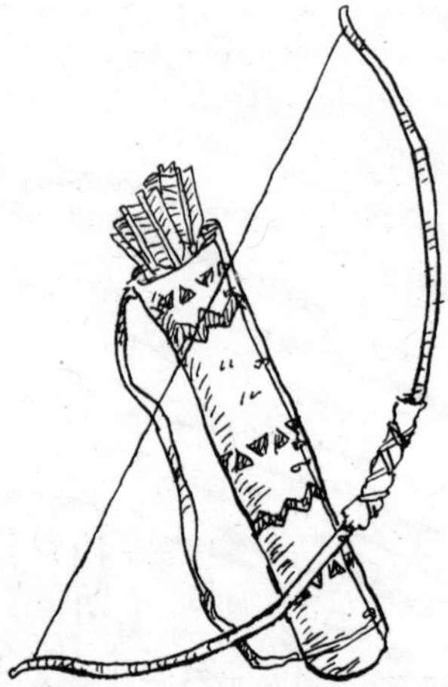

3. Miquel al campament indi

Quan Miquel tornà a obrir els ulls, es trobà enmig d'un bosc atapeït d'avets i d'altres arbres que no coneixia. Feia un poc de fred i, sense saber per què, se sentia observat. Va fer unes quantes passes seguint un remoreig llunyà d'aigua i al seu pas alguns animals arrancaren a córrer. Això el féu sentir-se insegur perquè no n'havia reconegut cap. Es consolà pensant que ell no era un expert en animals, però, tot i això, li semblà que havia vist alguna d'aquelles bestioles a la televisió, a les pel·lícules de vaquers que agradaven al seu pare.

De sobte tingué una pensada: engegaria la ràdio del seu *walkman* i això li donaria alguna pista del lloc on havia anat a caure. Fou debades: per moltes voltes que li féu a la rodeta, la ràdio no li oferí cap senyal, s'havia quedat muda. Mirà l'aparell amb gest irònic: l'època on es trobava devia ser tan antiga que no existia la ràdio.

Començava a penedir-se de la seua aventura quan va eixir del bosc. Descobrí aleshores una vall verda per mig de la qual discorria un riu d'aigües tranquil·les. Alçà la vista per tal d'orientar-se una mica, però no reconegué les muntanyes que retallaven l'horitzó.

L'aigua del riu era tan clara que semblava de vidre, fins i tot s'hi veien les pedres del fons. De tant en tant, algun peix eixia a la superfície, feia un bot i tornava a submergir-se dins les aigües transparents. Miquel s'hi ajupí i agafant aigua amb les mans begué i es refrescà el rostre. Mirà de nou el riu i se li glaçà la mirada: sobre l'aigua es reflectien les siluetes de tres homes. Es girà d'una revolada i es trobà amb tres guerrers indis que se'l miraven amb cara de pocs amics.

Miquel dissimulà la por fent-se el simpàtic:

—Hola, bon dia... o, més ben dit, bona vesprada..., o el que siga, vull dir, *haw!*, això és, *haw!*

Els indis no li tornaren paraula, però amb la mirada li ordenaren que vinguera amb ells. Mentre caminaven seguint el curs del riu, Miquel escodrinyava l'aspecte dels seus acompanyants. Tenien aire pacífic, però l'inquietaven les llances que portaven i la destral que un d'ells brandejava de tant en tant. Duien pantalons i gecs de pell fosca amb serrells tot al llarg dels camals i les mànigues. Però el que més li cridà l'atenció fou que tots tres portaven el cabell tallat arran, i al bell mig del cap s'aixecava una cresta de pèl que davallava pel tos i queia sobre l'esquena. Això li recordà un grup de joves que es reunien en un parc de la seua ciutat i que també duien el cabell formant cresta, de vegades de colors. El record de la seua ciutat, tan llunyana en aquell moment, li féu sentir una mica d'enyorança.

Llavors li vingué a la memòria un còmic que havia llegit feia temps, en què apareixien uns indis semblants als que anaven amb ell, però no aconseguia recordar el nom d'aquella tribu. De sobte, com per art d'encantament, la paraula ressonà dins el seu cap:

—Iroquesos!

Els ulls dels indis es clavaren sorpresos en ell. Després continuaren caminant sense dir res, vorejant el riu que feia una ampla colzada.

Al cap d'una estona, el qui portava la destral estengué el braç i assenyalà:

—El nostre campament!

Miquel quedà bocabadat; mai no havia vist una cosa igual. No massa lluny, sobre la terra verda, es destacaven com cucurulls posats a l'inrevés, trenta o quaranta tendes amb pintures de diversos colors. De la part més alta, allà on els pals s'ajuntaven, eixien unes fumeres que es confonien amb la boirina amb què s'acostava la nit. Molts cavalls corrinyaven per la vora del riu i més a prop del campament es veien xiquets que abandonaven el joc i homes i dones que s'afanyaven a rebre el nouvingut.

Mentre passava entre aquella gent, Miquel comprengué que no tenia res a témer. Tots se'l miraven obertament, amb una curiositat alegre i, quan passava, s'unien al grup d'acompanyants. Per fi, arribaren a una tenda diferent, més gran i ben parada, a la porta de la qual l'esperava un home vell d'aspecte important i mirada greu. Pel respecte amb què tots li parlaven i pels ornaments que penjaven sobre el seu pit, Miquel va deduir que aquell home devia ser el cap de la tribu.

Obeint un gest seu, tots van seure a terra fent rogle, excepte Miquel i els guerrers que l'havien conduït al campament. Cérvol Roig, que així es deia, el fità una estona llarga i tot seguit anuncià la celebració d'un consell.

Molt lentament s'escolà una hora. El cel ja s'havia enfosquit i de la tenda del consell eixia una remor de veus i l'olor dolça del foc sagrat. Miquel començava a cansar-se. De sobte, un indi vell va eixir de la tenda i amb la mà li ordenà que hi entrara. Una vegada dins, Miquel es va veure rodejat pels vells de la tribu, que seien al seu voltant. Cérvol Roig va parlar:

—Diuen les nostres llegendes que una dona ha de baixar del cel i, amb ella, una gran pluja amerarà la terra, però... tu ets un xic, un home —i aprofità el silenci per observar els gestos de Miquel—. Hem vist també, des de dalt de la muntanya, que allà on el cel s'ajunta amb la mar, hi ha un vaixell misteriós que apareix i desapareix. Has vingut tu amb ell?

Miquel no sabia què respondre a aquelles preguntes tan estranyes; al final es decidí per dir la veritat:

—Jo vinc d'un altre temps —tots els presents arrufaren el nas—. I crec que he vingut per l'aire, però no sé com perquè vaig tancar els ulls. Tan sols sé que hi havia un mag amb una esfera de color blau...

Un dels consellers de la tribu li tallà la paraula:

—De color blau! Cérvol Roig, pregunta-li què sap dels soldats vestits de blau —i assenyalava els seus texans blaus—. Ell n'és un; de segur que és un espia.

La situació es tornà tensa. Miquel empal·lidí notant com creixia la ira d'aquells homes. Cérvol Roig parlà de nou:

—És massa jove per ser un soldat —i dirigint-se a Miquel li preguntà:— ¿Ets un d'aquells soldats que destrueixen els nostres poblats amb els estranys ganivets llargs i els pals que escopeixen foc?

Miquel es trobava confús:

—Jo no sóc soldat de res, i he vingut ací sense voler; jo visc molt lluny amb els meus pares i els meus germans. I, ara, ens hem perdut i no sé com podrem tornar-hi.

La veu de Miquel sonà tan trista i sincera que gairebé tots el van creure. Llavors Cérvol Roig donà per acabat el consell i manà a Miquel que anara a dormir a la tenda de Búfal Furiós, el guerrer de la destral que l'havia capturat.

Quan Miquel va entrar a la tenda, Búfal Furiós se'l mirà amb malfiança. Després li donà una vareta i un tros de fusta amb un forat petit i li ordenà:

—Fes foc!

Sense voler, Miquel pensà en els encenedors que coneixia, tan senzills, i no sabia què fer amb aquell pal i aquell tros de fusta. Amb gest estranyat, com si es trobara davant la persona més ignorant de la terra, Búfal Furiós li prengué aquelles eines, segué a terra i subjectà la fusta amb els peus. Tot seguit clavà la vareta al forat i amb les mans començà a fer-la girar amb força. Passats uns minuts, un foc viu i juganer cremava al centre de la tenda.

Ajagut a la vora del foc, amb la mirada perduda al capdamunt de la tenda, per on escapava el fum, Miquel considerà com havia canviat la seua situació. ¿Qui havia de dir-li, a ell, quan aquest matí pujava al cotxe dels seus pares per anar a Benitallat, que aquell mateix dia hauria de dormir en un campament d'indis iroquesos? Els pals encreuats de la tenda li recordaren les bigues de fusta de la casa dels avis i mentre s'adormia, se sentí guanyat per l'enyorança.

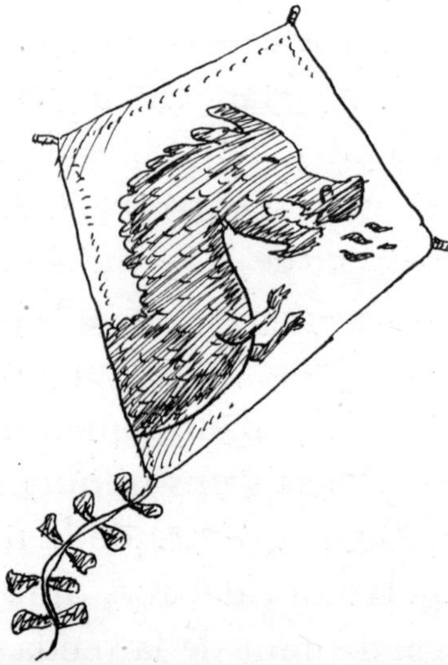

4. Rosamari i el drac xinés

Quan fou engolida per l'esfera blava, Rosamari mogué els braços desesperadament per tal d'acostar-se als seus germans. Però un violentíssim torniol se la va emportar esfera endins. Va girar durant molta estona i finalment començà a caure en una davallada llarga i veloç. Mentre baixava, veié una serralada coberta de verd que es perdia en la llunyania. De seguida li cridà l'atenció una cosa estranya: damunt les muntanyes s'estenia, com una enorme serp, una muralla que semblava no tenir final. Després, la força que l'arrossegava se l'endugué cap a una ciutat que no s'assemblava gens a les ciutats que ella coneixia. I sense saber com, al cap d'una estona es va veure enmig d'una plaça plena de gent.

La seua arribada passà desapercebuda. Totes aquelles persones semblaven tenir pressa i, encara que aquella era la plaça del mercat, parlaven molt baixet, com si temeren fer soroll. Rosamari examinà amb atenció els rostres d'aquella gent: tenien la pell groguenca, els ulls esgaiats, i duien uns capells de palla amples, aplatats i punxeguts. Una mica més lluny albirà unes magnífiques torres de molts pisos, amb teulades que es recargolaven cap amunt com si buscaren el cel. Rosamari n'estava segura: es trobava a la Xina. Però no hi havia cap cotxe antic, ni cap bicicleta, com havia vist a les fotos del seu llibre de geografia. Per la roba de la gent i pels objectes que utilitzaven, comprengué que havia retrocedit dos-cents o tres-cents anys en el temps. Una dona s'aturà un moment per mirar-la. Rosamari li preguntà:

—Com es diu aquesta ciutat?

—Vés-te'n de Pequín, estrangera, bufen mals vents per als forasters.

—Jo no he fet res —es defensà.

—El fill de l'emperador es troba malalt d'una malaltia desconeguda i tot fa pensar que morirà. El poble pensa que els nobles de la secta del Lotus Blanc l'han enverinat, són gent molt poderosa i tothom en té por, però ells diuen que l'hereu de l'emperador ha estat emmetzinat per agents estrangers i...

Llavors es va sentir un soroll metàl·lic i compassat, com el dring de moltes campanetes tocant alhora. La gent s'afanyà nerviosa i la dona aprofità l'ocasió per escapolir-se'n. Mentrestant s'acostava aquella música produïda per centenars de platerets, que tocaven els músics que obrien pas a algun personatge important. Darrere venien els guerrers, armats amb sabres i portant banderes amb dracs vermells, i finalment, damunt els muscles de quatre homes, es destacava un palanquí cobert per draps de seda. A través de les cortines, Rosamari descobrí el rostre d'un home de mirada amenaçadora i penetrant. Al seu pas, tota la gent es féu arrere i abaixà el cap.

Inesperadament el seguici es detingué davant Rosamari. Des de darrere les cortines una veu aguda li exigí:

—Per què no has abaixat el cap, estrangera insolent?

Rosamari va dir el que pensava:

—Si abaixe el cap només veig les coses que hi ha per terra, i a mi m'agrada veure-ho tot.

L'home no li tornà paraula, tan sols va fer un gest amb la mà. De seguida dos soldats s'abalançaren sobre Rosamari i li subjectaren els braços. Un murmuri de desaprovació recorregué la plaça del mercat, però quan els soldats desembeinaren els sabres, cessà la protesta. Una vegada fet el silenci, la comitiva es posà en marxa i Rosamari es veié obligada a marxar, detinguda, darrere el tirà. Entre la multitud, una veu comentà en veu baixa:

—Se l'emporten a la Ciutat Prohibida, al palau de l'emperador.

Travessaren carrers, places i immensos patis emmurallats fins arribar a una escala guardada per les estàtues de dos lleons d'or. L'aspecte vigilant d'aquells animals, que semblaven amenaçar tots els qui hi entraven, espantà Rosamari, que va sentir por per primera vegada.

Fou conduïda davant l'emperador, un vell de mirada trista i abatuda. De seguida, l'home del palanquí féu unes passes avant i, havent mirat Rosamari amb ulls cruels, es dirigí a l'emperador per acusar l'estrangera de traïció, de conspiració i de ser la causant de l'estranya malaltia de l'hereu del tron. L'emperador escoltà amb atenció les paraules del seu ministre, deixà passar uns instants de silenci i finalment digué:

—El meu fill es mor, tots ho sabeu —i dirigint-se a Rosamari li preguntà:— has enverinat tu el meu fill?

La xiqueta sentí pena per aquell home:

—No, majestat, jo...

El ministre li tallà la resposta:

—Mentida! Mereix la mort, majestat!

Assegut al tron, l'emperador reposà el cap sobre una mà amb aire vençut. Rosamari s'atreví a parlar:

—M'agradaria conéixer el vostre fill, potser jo podria ajudar-lo.

Tots els presents criticaren l'atreviment de l'estrangera, però l'emperador, inesperadament, ordenà:

—Porteu-la amb el meu fill.

El ministre no ocultà la seua sorpresa, però encara sabé fingir una reverència que significava que obeïa qualsevol desig de l'emperador. Immediatament, amb la mirada encesa per la ira, ordenà a Rosamari que el seguira.

Caminaren per corredors adornats amb gerros de totes les formes i colors. Per totes bandes hi havia tapissos i mobles fantàstics gravats amb ocells i flors. De les parets penjaven teles pintades amb arbres delicats i muntanyes que es perdien en la llunyania, com si flotaren en l'aire. Pels racons, estranys animals

de pedra verda i polida vigilaven les seues passes. D'algun jardí invisible venia un aroma de gessamins.

El ministre obrí una porta que donava a un jardí, i una alenada d'aire fresc arribà fins a Rosamari. Hi havia un estany menudet i arbres no massa alts. En un racó del jardí es veia un llit ocupat per un xiquet d'aspecte malaltís. El ministre i Rosamari es dirigiren cap a ell.

—El vostre pare, l'emperador, mana que conegueu aquesta xiqueta estrangera.

El príncep s'incorporà i somrigué en veure l'estranya roba de Rosamari: aquells pantalons de tela blava i dura, aquella camisa amb dibuixos extravagants. Rosamari fou la primera a parlar:

—Quant de temps fa que esteu malalt? Què us passa?

El príncep no respongué, per contra va fer algunes preguntes:

—Has vist els meus estels, com són de bonics?

Sobre el cel de la vesprada Rosamari va veure dos estels que manejaven uns criats. Un d'ells tenia dibuixat un drac; l'altre, un colom. Feia l'efecte que el colom fugia i que el drac acabaria caçant-lo.

—M'agrada molt aquest moment, ara el drac atrapa el colom i se'l menja.

I dit açò, l'estel del drac es precipità sobre l'altre i tot dos caigueren a terra.

—Jo li donaria un altre final —digué Rosamari—, faria un altre estel que fóra un cavaller jove i valent que matara el drac.

—Però el drac és el símbol de l'emperador —objectà el príncep.

—I vós podeu ser les dues coses: drac per caçar i véncer els dracs dolents, i cavaller per salvar els coloms.

Com si aquest diàleg l'haguera fatigat molt, el príncep es tombà de nou al llit. Rosamari s'adonà que li brillaven els ulls de febre. Mentrestant el ministre es passejava pel jardí donant instruccions secretes a alguns servents. De sobte, una criada vella s'acostà a Rosamari per darrere i li posà un paperet a la mà. Per sort, ningú no va veure allò.

Al cap d'una mica, veient que el príncep s'adormia, el ministre ordenà a Rosamari que vinguera amb ell. En silenci, acompanyats tan sols pel soroll de les sabates de fusta del ministre, recorregueren sales i passadissos, aquesta vegada d'aspecte més modest. L'home s'aturà al costat d'una paret i estirà d'un cordó. Tot seguit s'obrí una cortina, darrere la qual s'amagava una portella. Llavors, amb un fil de veu, però amb el to més amenaçador que es puga imaginar, li digué:

—Ara pots anar-te'n, però la pròxima vegada no et salvarà ni l'emperador.

A Rosamari li vingué un calfred en escoltar aquella veu que tremolava d'odi contingut. Al moment de travessar la porta, veié que en una de les mans del ministre lluïa un anell amb una floreta blanca. Recordà aleshores que la dona del mercat li havia parlat de la secta del Lotus Blanc.

Un cop al carrer, s'allunyà tan ràpid com va poder de la Ciutat Prohibida, i quan considerà que ningú no es fixava en ella, tragué el paperet que la serventa del príncep li havia donat d'amagat.

«Estrangera, si de veres vols tornar la salut al príncep, has d'anar al palau dels Espills i parlar amb Zeng Hwo, que sap fer pocions que curen moltes malalties. Hauràs de tenir molt de valor per travessar la senda dels Esperits. Bona sort.»

Aquell nom, «la senda dels Esperits», li imposava una mica de por, però el que passava amb el príncep era una injustícia tan gran que ella no podia consentir-ho: de segur que amb l'ajuda de Zeng Hwo, tot se solucionaria.

Uns llauradors li indicaren el camí per anar a la senda dels Esperits tot i afegint, mirant el cel, que no era bo travessar aquell camí de nit. Rosamari es va adonar llavors que començava a fer-se fosc. L'arribada de la fosca li dugué el record dels seus germans i sentí una miqueta de nostàlgia. Quan tornarien a trobar-se? On devien ser Miquel i Cinto en aquells moments?

5. I Cinto a l'Àfrica

La caiguda de Cinto va ser molt més original i sorollosa. Quan fou arrossegat per la terrible força de l'esfera, Cinto no es va fixar si els seus germans venien amb ell o no, però quan es va veure pegant tombarelles enmig de la fumera blavosa, li agafà tal por que no tingué forces més que per dir: aaaaaaaaah! I després d'aquell crit interminable, es va sentir un profundíssim «xooof».

Cinto comprengué de seguida que havia caigut dins l'aigua i quan eixí a la superfície, es trobà enmig d'un riu d'aigües càlides i verdoses. Per la gran quantitat d'arbres que atapeïen els marges del riu, pensà que allò era la selva. Llavors va sentir veus i rialles de xiquets que celebraven la seua caiguda dins l'aigua, i així que va veure'ls s'adonà que havia anat a parar a l'Àfrica.

Quan Cinto isqué del riu, les rialles dels xiquets es convertiren en exclamacions de sorpresa. Nus de cintura en amunt i amb el cos mullat, el color negre de la pell d'aquells xiquets contrastava fortament amb el blanc una mica pàl·lid del nouvingut. Durant una estona se'l van mirar encuriosits.

Cinto se sentia incòmode, no sabia què dir ni què fer. Mirà cap al cel i veié arbres grandíssims i micos menuts que botaven entre les branques. De la capçada d'un arbre s'envolà un estol d'ocells de color rosa. Per tot s'escoltava piuladissa d'ocells i crits d'animals. Però el que més li agradava era aquella claror verdosa i l'olor de la selva, una olor a humitat profunda, barrejada amb perfums de plantes desconegudes.

Els xiquets se li havien acostat. Com si els coneguera de tota la vida, Cinto els va dir:

—Sabeu què? En caure al riu se m'ha perdut la llibreta de dibuixar, sort que encara tinc el meu llapis.

I dit açò els mostrà un llapis d'aquells que tenen una boleta de goma en un dels caps.

Entre rialles, els xiquets se'l passaren de mà en mà. Quan li'l van tornar, Cinto agafà una pedra llisa i va dibuixar-hi una estrela. Això augmentà l'alegria dels menuts, i un d'ells començà a fer ratlles en una altra pedra. Aleshores el més gran de tots, un xicot amb un collar blau que es presentà com a Nkusu, el convidà a visitar el poblat.

Mentre caminaven, Cinto responia com podia les preguntes que li feien aquells xiquets. S'adonava que no estaven acostumats a rebre visitants tan estranys com ell i que totes les seues coses els cridaven l'atenció: les seues sabatilles, les monedes, el rellotge, però sobretot es van entusiamar amb els cromos de naus espacials d'una sèrie de televisió. El mal va ser quan va voler explicar que aquells artefactes volaven. Els xiquets esclafiren a riure i se'l miraren divertits, com si pensaren que volia prendre'ls el pèl o que potser estava una miqueta tocat.

Ells li contaren que eren bantus i que el seu poble era molt gran, però que el poblat en què vivien era menudet i passava per mals moments. Li parlaren de Mimbwé, el bruixot de la tribu, que sabia moltes llegendes i encantaments, i de Wako, el cap savi i prudent que els dirigia. Finalment, enmig d'una clariana,

aparegué un grup de cabanyes de forma semiesfèrica fetes de fang i canya amb el sostre de palmes.

La gent del poblat rebé Cinto amb curiositat però sense mostres d'alegria. Nkusu li va explicar que des de feia uns mesos les coses no anaven bé, que la caça semblava haver desaparegut i que un poc de mill que tenien plantat se'ls havia fet malbé. Tot i això, Wako li donà la benvinguda i li oferí un tassó amb unes farinetes molt rares. Al principi, li va semblar molt estrany el sabor d'aquell menjar, però després d'unes cullerades, trobà que no estava malament i que, com tantes altres coses, tot era qüestió de costum.

Ben aviat va fer-se de nit i, com si això fóra un senyal, començaren a sonar uns timbals. Tota la gent s'aplegà al centre del poblat on cremava una bona foguera. Asseguts en un lloc destacat es veien Wako, Mimbwé i altres persones importants. De sobte callaren els tabals i Wako parlà:

—L'hospitalitat és una de les principals virtuts del nostre poble. Per això, en prova de l'afecte que devem a tot aquell que ens visita, Mimbwé, el nostre bruixot, contarà la història de l'origen del nostre poble.

Mimbwé es posà dempeus portant a la mà un estrany instrument: una caixeta de fusta de la qual eixien quatre varetes metàl·liques. Tot seguit es tornà a asseure i començà a fer-les sonar. «Ding-deng-ding-dong-dong, ding-deng-ding-dong-dong.» Tots escoltaven amb atenció.

—Fa molt de temps els nostres avantpassats vivien en terres del nord. Però aquelles terres no eren bones perquè no hi havia aigua i el poble es desesperava i es queixava al bon rei Bukele. El fetiller de la tribu digué a Bukele que necessitava dos ullals de lleó per fer un encantament que traguera el nostre poble d'aquella terra maleïda.

»I un bon dia Bukele eixí per caçar un lleó. Arribà a un camp de mill, on només en quedava una planta, i s'amagà darrere una roca. De seguida veié aparéixer un antílop que volia menjar-se la planta, però des de l'altura un ocellet de colors, un teixidor roig, li deia que aquella planta era seua perquè ell l'havia vista des del cel. L'antílop replicà que la planta li pertanyia, a ell, perquè ell hi havia arribat abans. I mentre els dos animals discutien, una pantera se'ls hi acostava molt lentament amb intenció de menjar-se'ls tots dos, si podia. Però la pantera no va veure que darrere seu venia un lleó, que tenia més fam que no ella, amb intenció de menjar-se'ls tots tres, si podia. I el lleó no veia que darrere seu venia el rei Bukele, amb la llança i les fletxes, amb intenció de caçar-los tots quatre, si podia. De sobte bufà una forta ventada que arrancà la planta de mill i se l'endugué per l'aire.

Els oients feren «oooh» i callaren de seguida, llavors tornà a sentir-se de nou el so de l'instrument del bruixot: «ding-deng-ding-dong-dong, ding-deng-ding-dong-dong».

—En veure allò, l'ocellet començà a volar seguint la planta, i l'antílop seguí l'ocell, i la pantera seguí l'antílop, i el lleó seguí la pantera, i Bukele seguí el lleó. I tota la gent del nostre poble, creient que Bukele se n'anava, arrancaren a córrer darrere seu; i tots els lleons corregueren també darrere el primer lleó; i els tigres i les panteres corregueren darrere la primera pantera; i els elefants i els antílops, darrere el primer antílop; i tots els ocells, tórtores, rossinyols, lloros i garses volaren també darrere l'ocellet de colors. I per fi la planta va caure en aquesta terra, i en aquesta terra donà de menjar a tothom; i tots, homes i animals, menjaren el que calia i el que havia de ser, sense ofendre els esperits de la selva. I el nostre poble s'hi establí per viure-hi feliç i en pau.

Un clamor d'aprovació premià les paraules del bruixot. Cinto estava impressionat i per un moment recordà les rondalles que la seua àvia de Benitallat li contava quan queia malalt. Wako es dirigí a ell:

—Ara ja coneixes la història del poble bantu. Pots quedar-te al nostre poblat tot el temps que vulgues, però si t'hi quedes, hauràs de ferte la cabanya tu mateix.

—Però... jo no sé fer cabanyes —confessà Cinto.

La sorpresa fou general i tots es giraren per mirar aquell xic tan estrany que no sabia ni fer una cabanya.

—Un home ha de saber fer la seua pròpia casa —sentenciava Wako.

—Sí, però al meu país les cases les fan uns altres i la gent les compra —Cinto es defensava.

—¿I què feu quan els altres us fan les cases però vosaltres no podeu comprar-les perquè no hi teniu res?

Cinto no sabia què respondre, però volgué demostrar que ell també era capaç de fer algunes coses:

—Jo tinc un llapis i sé dibuixar molt bé —i mostrà el llapis als presents.

Nkusu li donà una escorça d'arbre, blanca i fina, perquè hi dibuixara. Cinto agafà el llapis i, amb l'ajuda del seu amic i recordant una visita al zoològic que havia fet amb el seu col·legi, dibuixà un antílop tan perfecte que semblava que d'un moment a l'altre aquell animal havia de posar-se a bramular.

És difícil imaginar l'admiració que el dibuix de Cinto va causar entre aquelles persones. Wako i Mimbwé es miraren el xic com si fóra algú molt important i tots els qui s'hi acostaven per mirar el dibuix, comentaven que allò els semblava cosa de meravella. Mimbwé digué a Cinto:

—Nosaltres també sabem pintar i amb els nostres dibuixos representem l'esperit de les coses que dibuixem; i així, si volem caçar un animal, el pintem i tard o d'hora aquell animal caurà a les nostres mans. Darrerament però...

—Si ens deixes el teu dibuix —intervingué Wako—, per fer tornar la caça a les nostres terres, et donarem el que vulgues.

Cinto no es va fer pregar i els regalà el seu dibuix de bona gana, tot i que no podia creure que allò tinguera tanta importància.

Però i ell?, què podia demanar, ell, a aquelles persones?

—En realitat, jo només voldria tornar a casa amb els meus germans.

—Doncs això ho solucionarem demà, el nostre bruixot ja sap el que ha de fer —conclogué Wako.

I dient aquestes paraules, s'aixecà i penjà el dibuix de Cinto en un pal que hi havia a la porta de la seua cabanya. En acabant, va fer un gest amb les mans i tothom se n'anà a dormir.

6. Que vénen els soldats blaus

Miquel es va despertar enmig d'un enrenou de veus, lladrucs i renills de cavalls. El primer que va veure quan obrí els ulls fou el punt on s'entrelligaven els pals de la tenda índia on havia dormit; el segon, la mirada vigilant de Búfal Furiós. Així que el veié despert, l'iroqués li allargà una coca de dacsa i un tros de carn seca i salada. Tot seguit isqueren de la tenda.

Fora, el campament bullia d'activitat: les dones, algunes amb els menuts carregats a l'esquena, se n'anaven al camp; ell, segons li havia dit Búfal Furiós, aniria amb els xiquets a pescar. A Miquel, la idea no li va fer gens de gràcia. Sense voler, recordà un dia en què anà a pescar amb el seu pare al port de la seua ciutat. Quina pèrdua de temps! Però ara la situació era diferent: com podia dir que no a Búfal Furiós? Mentre pensava això, se li acostà el guerrer amb un pal acabat en una llarga punta de ferro.

—Pren —li ordenà—, menjaràs el que pescaràs.

Els xiquets isqueren a pescar acompanyats per alguns homes, entre els quals hi havia Búfal Furiós, la resta es quedà al campament. Per les mirades dels guerrers, Miquel va pensar que temien alguna cosa. Alguns homes a cavall havien eixit en direcció a les muntanyes. Miquel tractà de tranquil·litzar-se, de segur que tot això devia ser normal.

Així que arribaren al riu, Búfal Furiós dividí els xiquets en colles. Fet això, es ficaren a l'aigua, cada grup en un lloc diferent. A Miquel se li gelaven les cames amb aquella aigua tan freda i això el posava de mal humor. D'altra part, se sentia ridícul llançant punxades a peixos que s'esmunyien amb tanta facilitat, que semblava impossible que ningú poguera pescar-ne cap. I l'escena es repetia una i altra vegada: un peix se li acostava a poc a poc i es detenia a prop seu, com si l'esperara. Llavors ell s'ajupia amb molta cautela i li llançava el pal, però el peix sempre desapareixia. I el seu enuig augmentava quan veia, ara aquí, ara allà, que els altres xiquets començaven a traure peixos enastats als pals. Això era vertaderament humiliant.

Búfal Furiós se li atansà:

—No saps fer foc, tampoc no saps pescar. D'on has eixit tu?

I dient això, amb delicadesa, li subjectà la mà on portava la llança, amb intenció de guiar-li el moviment. Un peix magnífic se'ls acostava fent giragonses, malfiant-se'n. Búfal Furiós i Miquel no movien ni un múscul, com si s'hagueren tornat de pedra. Llavors, molt baixet, el guerrer li digué a cau d'orella:

—Ara!

I Miquel llançà a l'aigua el seu pal i el tragué amb un peix platejat que cuejava amb força. Búfal Furiós li somrigué per primera vegada i Miquel va saber que tenia un bon amic.

De sobte es va sentir el galop d'uns cavalls. Eren guerrers iroquesos que feien uns senyals. Búfal Furiós ordenà:

—Tothom al campament, s'acosten els soldats blaus.

Mentre homes i xiquets eixien del riu i corrien cap al poblat, Miquel tingué una pensada:

—Búfal Furiós, deixa-m'hi anar, jo puc enganyar els soldats blaus.

El guerrer l'interrogà amb la mirada. Miquel li va explicar:

—Jo sé parlar la llengua dels soldats blaus. Els diré que heu partit cap al sud i els despistaré.

Búfal Furiós se'l mirà agraït i estranyat, als seus ulls es veia la tristesa de l'adéu. Abans de separar-se, el guerrer li digué:

—Darrere les muntanyes hi ha la mar. Cérvol Roig diu que tots els qui vénen de lluny, arriben de la mar. Vés-hi, potser trobaràs la manera de tornar a la teua terra. Gràcies.

Miquel es dirigí a les muntanyes amb la certesa que a l'altra banda trobaria els soldats i la mar. No s'enganyà. Així que tramuntà, va topar amb els soldats que ascendien, com una llarga serp blava, per una senda molt estreta. Miquel es deixà veure i de seguida els soldats el van cridar. Quan els tingué a prop, Miquel reconegué uniformes i banderes que havia vist alguna vegada al cine.

—Ei, xiquet, què fas tu per ací? —li parlava el capità—. Que no saps que aquest territori és molt perillós?

—Perillós? —s'estranyava Miquel—. Per què? Els indis van marxar ahir.

El capità i els oficials es miraren contrariats. Miquel reblava el clau:

—Sí. Jo mateix els vaig veure. Se n'anaven cap al sud.

Els oficials discutien entre ells, feia l'efecte que dubtaven. Un d'ells encara l'interrogà:

—I tu qui ets? Com et diuen?

Miquel pensà en el seu propi aspecte: pantalons texans, camisa de quadres; podia passar perfectament pel fill d'un granger que s'haguera allunyat de casa. S'adonava, així mateix, que calia reforçar la mentida:

—Em diuen Johnny, però, per favor, no digueu res al meu pare, ell no vol que jo vinga per ací.

Ni el millor dels artistes hauria sabut fingir una mirada més innocent i un to més suplicant. Els oficials començaven a creure-se'l. Un d'ells conclogué:

—Crec que és un dels xicons dels Murray.

Aquelles paraules van ser decisives. El capità ordenà un toc de corneta i al moment la columna de soldats blaus començà a davallar la muntanya amb direcció al sud.

Els soldats se n'anaren deixant Miquel tot sol enmig de la muntanya. El silenci del moment l'obligà a considerar que havia arribat l'hora de tornar a casa. Però, com ho

US
C
US
C
U·S

faria? Assegut damunt una roca, Miquel escodrinyà el paisatge que el voltava: darrere seu, la muntanya, on el vent vibrava entre els avets; al seu davant, amb ondulacions suaus i reflexos de sol, s'obria l'immens mantell de la mar.

De sobte, en la llunyania de l'horitzó, Miquel albirà un punt que es feia cada vegada més gran. Ben prompte descobrí que allò era un vaixell i tot d'una recordà les paraules de Cérvol Roig sobre un misteriós vaixell que apareixia i desapareixia damunt la ratlla on el cel s'ajunta amb la mar. Al cap d'una estona, Miquel pogué contemplar una magnífica nau de tres pals que s'atansava majestuosament amb tot el velam inflat pel vent.

Baixà a la platja corrents, buscant alguna barqueta que li permetera arribar fins al vaixell fantasma, i es considerà molt afortunat quan, amagat entre les roques, va trobar un bot amb dos rems que devia ser dels soldats. No s'ho pensà dues vegades, endinsà la barca en la mar i, molt esperançat, començà a remar en direcció al vaixell: aquella misteriosa nau podria ser la seua salvació.

Però així que s'hi aproximava, començà a tenir la sensació de trobar-se molt a prop d'un perill. Una atmosfera estranya voltava aquell navili. Les veles s'inflaven i es desinflaven com si alenaren i tota la nau desprenia una lluminositat rogenca. Però, sobretot, aquell silenci... No s'hi sentia ni una veu, no s'hi veia ningú, no hi havia cap bandera. El vaixell semblava abandonat.

Quan Miquel pujà a la nau, les seues sospites es van confirmar: aquella embarcació era completament deserta i tanmateix semblava tenir vida pròpia. Més mort que viu, caminà per la coberta buscant el timó, però de sobte s'aixecà una forta ventada i les veles giraren amb violència com si una mà invisible les manejara. De seguida una immensa onada colpejà pel costat de babord i un llarg grinyol recorregué la nau. Sense poder fer-hi res, Miquel s'adonà que el vaixell es perdia mar endins entre ones com muntanyes.

Quan va veure que el vaixell s'allunyava de la costa, Miquel va sentir por i per uns instants es considerà perdut. Un colp de mar que el tombà sobre la coberta el va fer reaccionar: havia de buscar els seus germans i tornar a casa, no es deixaria véncer sense lluitar. Caminant de quatre grapes, aconseguí aferrar-se a un dels pals del vaixell, decidit a resistir fins a l'últim moment. El cel, els núvols, la mar, tot girava al voltant d'aquella nau. I Miquel desitjà amb totes les seues forces que s'aclarira el cel, però el cel es tornava cada vegada més fosc.

7. El palau dels Espills

El cel perdia l'última claror quan Rosamari arribà a la senda dels Esperits. Quan va veure aquell lloc, es va quedar sense paraula i gairebé sense respiració. Ara comprenia el gest espantat dels llauradors que li havien indicat el camí. A banda i banda de la llarga sendera, guardaven el pas grandíssims animals de pedra: lleons, camells i elefants, amb la mirada perduda en l'infinit. Al seu costat, amb les espases desembeinades damunt els muscles, apareixien les estàtues d'uns guerrers colossals. Començaven a lluir les primeres estreles i la lluna blanquejava les estranyes figures.

Rosamari avançà pel camí sentint una por que li glaçava la sang. De vegades creia veure que les figures es movien, o que clavaven sobre ella aquells ulls grans i sense nines. Uns arbres gegantins taparen la lluna momentàniament i la nit es féu més fosca encara. Rosamari apressà el pas intranquil·la, però, cap a on havia de dirigir-se?

Una ràfega de vent mogué els arbres i un feix de llum blanca travessà el camí. Rosamari girà els ulls cap a la part d'on venia la claror i va veure la cosa més extraordinària que poguera imaginar. Mig amagat entre el fullatge, s'alçava un palauet circular d'una sola planta cobert per un sostre de vidre. Una esfera de plata rematava la teulada, de la qual penjaven, tot al voltant, milers de fanalets de pergamí. Les parets del palau eren de fusta vermella amb incrustacions d'argent i trossets d'espills fent dibuixos. Amb el sostre encés de llum i els reflexos dels fanalets sobre els espills, el palau semblava una ascla d'or.

Rosamari s'hi acostà amb l'admiració pintada al rostre. Ni per un instant va dubtar a entrar-hi: el palau i tot el que hi veia produïen una serena sensació de pau. Però la seua sorpresa augmentà així que travessà el llindar de la porta. Les parets de tot l'edifici estaven recobertes per espills i a cada pas, en terra o penjats del sostre, apareixien fanalets redons de vidre. Però la fascinació de Rosamari arribà al màxim quan veié que els dos passadissos que s'obrien al seu davant, combinaven el vidre i els espills, en un joc que multiplicava per mil la seua figura i la llum dels fanalets.

Començà a recórrer un d'aquells passadissos, trobant-se a cada instant amb la seua pròpia imatge. Els espills es combinaven de tal forma, que s'hi veia de totes les maneres possibles: de cara, de perfil, de mig costat; però el que més la desconcertava era veure's d'esquena a si mateixa. Va arribar el moment en què pensà que es marejava, quan caminà durant molta estona darrere la seua pròpia imatge. Tot i la confusió, Rosamari tenia la certesa d'haver caminat fent una ordenada ziga-zaga, com si haguera recorregut les puntes d'una estrela. Buscà llavors el centre i, a través d'un vidre, li va arribar una llum especial, més clara i argentada. Sense saber com, seguint tan sols la pròpia intuïció, arribà al centre del palau, una estança circular on girava una bassa plena de mercuri. La llum, que venia des de dalt, queia sobre la superfície del metall líquid i omplia la sala de reflexos argentats.

Rosamari s'aturà meravellada: aquella llum, tremolosa i onejant, era tan viva, que hauria dit que es trobava dins una flama. Un lleu estossec va interrompre l'encant del moment. Rosamari alçà la mirada i trobà un home vell d'aspecte pacífic assegut en una cadireta de plata. Tenia el cap totalment pelat i els ulls entretancats, com si li molestara tot aquell vaivé de llums. Vestia una túnica de seda vermella amb les mànigues tan amples que gairebé tocaven a terra, i sobre el pit lluïa una pedra preciosa de color blau. Rosamari mirà el rostre d'aquell home que no es movia, ni feia cap senyal. Amb cautela s'hi atansà un poc més fins que veié brillar, a través de l'escletxa dels parpalls, unes nines negres com la nit. Fou llavors que recordà el nom del vell, Zeng Hwo, en el mateix moment en què l'home li preguntava:

—Has vingut ací perquè vols el remei per al príncep?

—Sí —respongué Rosamari molt decidida.

Zeng Hwo mogué el cap amb gest de dubte, com si haguera viscut aquesta situació moltes vegades.

—No ets la primera que hi ve, d'altres han vingut també però...

—Però què? —s'inquietà Rosamari.

—No han passat la prova de l'espill.

Rosamari va fer un gest d'estranyesa, donant a entendre que no sabia a què es referia Zeng Hwo. Per tota resposta, el vell s'aixecà de la seua cadira feixugament i mentre se n'anava anuncià:

—Ara he de preparar l'elixir màgic, així podràs emportar-te'l i tornar la salut al fill de l'emperador... si és que m'esperes.

Rosamari quedà pensativa: per què Zeng Hwo no es refiava d'ella?, quin misteri s'amagava al palau dels Espills? Es distragué una estona mirant els reflexos de llum que es balancejaven per la sala i aleshores va descobrir, just al seu davant, un espill diferent als altres, un espill que semblava tenir llum pròpia. Curiosa com era, s'hi acostà i de seguida va veure la seua imatge a l'altre costat del vidre. Es preguntà, llavors, què tenia d'especial aquell espill. Rosamari tornà a mirar-lo i a mirar-s'hi: res de nou, l'espill li oferia la seua pròpia imatge perfecta i somrient. De sobte va descobrir-ho. Rosamari llançà un crit d'espant i féu una passa enrere: el seu reflex dins l'espill, la seua imatge, somreia; però ella, la Rosamari de veritat, no. Com podia ser allò? Què hi passava?

Morta de por, tornà a mirar l'espill màgic i es va veure ella mateixa fent cares i ganyotes que ella no feia. Va pensar que es tornava boja:

hi havia dues Rosamaris, la de carn i ossos i la de l'espill! Es negà a acceptar-ho. Això devia ser una broma, o un encantament, o qui sap què. Quan va veure que la seua imatge la mirava amb cara de pena fingida, burlant-se'n, va sentir ganes de trencar l'espill en mil bocins. Però aquella imatge era tan real, que semblava que havia d'eixir del vidre d'un moment a l'altre.

—Per què t'espantes de tu mateixa, Rosamari?

La xiqueta de l'espill havia parlat. Allò era vertaderament increïble: Rosamari hi reconegué la seua pròpia veu i la seua manera de dir les coses. Tanmateix, es negava a admetre el que passava.

—Vols enganyar-me! —replicà Rosamari—, jo no sóc tu i tu no ets jo.

—Tots els tu són també un jo —insistí l'altra—, i qualsevol jo, per a un altre, és un tu.

A Rosamari començava a rodar-li el cap. Mai no se li havien donat bé els embarbussaments, li produïen una sensació de mareig, i a més, tot allò era tan estrany. La xiqueta es defensà:

—El que vull dir és que tu i jo no som la mateixa persona.

—Hi ha moltes persones dins la mateixa persona —retrucà la Rosamari de l'espill—. Jo sóc un dels teus jo. Si vols, pots elegir-me; i a partir d'ara, tu seràs jo.

Llavors l'espill començà a omplir-se de colors molt vius, que a poc a poc es convertien en imatges. La Rosamari de l'espill apareixia ara molt ben vestida, jugant al jardí d'una magnífica mansió; al fons s'hi veia la mar blava i resplendent. L'espill li mostrà, després, cotxes luxosos, piscines transparents, camps de gespa on podia córrer amb un cavall blanc de crinera daurada que trotava suaument; perquè aquell cavall era seu, i els cotxes, i tot; tot li pertanyia. Rosamari mirava aquelles coses embadalida: era un somni tan bonic. I segons deia la xiqueta de l'espill, tot això podia ser seu.

—Si vols això, no tens més que entrar dins l'espill i desapareixeràs del teu món, i seràs molt feliç.

Per un instant, Rosamari s'imaginà ama de tot allò i els seus llavis s'obriren en un somriure, el mateix somriure que des del primer moment tenia la seua amiga. Però tot seguit recordà els seus pares, i els seus germans, i els avis amb la *caragòlica,* i els ulls encesos de febre del fill de l'emperador. Amb una veu fosca que li eixia del fons de l'ànima, digué:

—No!

Tot d'una s'esvaïren les imatges de l'espill i Zeng Hwo comparegué portant a les mans una bosseta de tela i una ampolleta de vidre. Orgullosa de si mateixa, Rosamari es girà cap a ell amb la mirada alterada, com si li demanara una explicació. El vell li somrigué complagut:

—No és fàcil trobar gent capaç de resistir-se als enganys de l'espill. És un trampós i un mentider. Fa creure a la gent que la riquesa és la cosa més important del món.

Aquestes paraules retornaren la tranquil·litat a Rosamari. Tot seguit Zeng Hwo s'assegué a la seua cadira i continuà el seu discurs:

—Dins aquesta bossa hi ha una lliura de farina de dacsa. Cal que hi faces una coca, però quan la pasta comence a travar-se, hauràs d'afegir-hi l'elixir que hi ha dins aquesta ampolleta. Després caldrà que vages al palau de l'emperador: el príncep sanarà tan bon punt menge de la coca.

Rosamari exposà, llavors, un problema que Zeng Hwo no s'esperava:

—Però jo no he fet una coca en la meua vida!

De primer, en sentir les paraules de la xiqueta, Zeng Hwo arrufà el nas molt estranyat; després, arronsà els muscles com si volguera dir: «i jo què puc fer-hi?». Rosamari prengué el sarronet i l'ampolla i se'n va anar, deixant Zeng Hwo voltat d'espills que reproduïen la seua imatge enmig de reflexos platejats.

Quan isqué del palau, el dia ja clarejava i la natura s'oferí als seus ulls amb tota la seua bellesa. Un vel finíssim de boira embolcallava els arbres i les figures de la senda dels Esperits. El sol encenia els cims més alts de les muntanyes. Alguns ocells ratllaven el cel.

Rosamari s'enfrontava ara amb la primera dificultat: trobar algú que l'ajudara a fer una coca de farina de dacsa. Mirà al seu voltant i entre la boira veié la resplendor d'una foguera. Uns llauradors hi escalfaven el desdejuni. Amb poques paraules, la xiqueta els explicà que havia de fer una coca de panís i no sabia com. Aquells homes no es van fer pregar: un d'ells prengué el saquet de la farina i, havent posat aigua en un bol, començà a treballar la pasta. Quan la massa començava a lligar, Rosamari va afegir-hi l'elixir que Zeng Hwo li havia donat i el foc acabà el treball. La xiqueta agraí als homes la seua ajuda i ells li respongueren amb una lleu inclinació i un somriure molt diferent al de la xiqueta de l'espill. I amb la coca a les mans, Rosamari es dirigí cap a la Ciutat Prohibida on s'apagava la vida del fill de l'emperador.

Els carrers de Pequín començaven a omplir-se de gent en aquella hora del dia. Quan arribà a les envistes de les muralles que guardaven la Ciutat Prohibida, Rosamari es va sentir insignificant. Descobrí guerrers que vigilaven des de les torres i recordà les amenaces del primer ministre. Va sentir por: què havia de fer ella en aquell moment? Era bona idea tocar a la porta del palau i exposar clarament el seu propòsit? O, potser, seria més prudent trobar la manera d'entrar-hi d'amagat?

Un soroll violent i brusc va interrompre els seus pensaments. Les portes de la muralla s'havien obert i un grup de soldats la rodejà apuntant-la amb llances i fletxes. Dalt de la muralla es retallava la diabòlica figura del primer ministre. Des del palau, i també des del carrer, altres persones contemplaven l'escena. Aleshores Rosamari descobrí, emmarcat en una finestra, el rostre de la criada que el dia anterior li havia donat el missatge. La xiqueta decidí passar a l'acció i, alçant a la vista de tots la coca de dacsa, cridà amb totes les seues forces:

—Això és el medicament per curar el fill de l'emperador!

Des de la finestra, la criada del príncep repetí cridant les paraules de Rosamari, i després les va repetir una altra, i tot seguit un dels soldats, i fins i tot algun cortesà. Mentrestant, al carrer, el crit s'estenia, i comerciants, llauradors, ferrers, teixidors, homes i dones de tota mena repetien les paraules de l'estrangera. I a cada instant s'hi afegia més gent i en pocs minuts el clamor es va fer tan gran, que el mateix emperador fou avisat.

En un intent de sufocar la revolta, el primer ministre féu un gest ordenant disparar contra Rosamari, però els soldats desobeïren. I la cridòria creixia. Llavors va sonar un enorme gong que s'imposà per sobre els crits de la multitud. L'emperador manava que l'estrangera fóra conduïda a la seua presència.

Rosamari fou portada de nou al saló del tron, on l'esperava l'emperador voltat dels seus cortesans més fidels. Amb veu tremolosa i enmig d'un espés silenci, l'emperador li preguntà si era veritat que portava la medecina per al seu fill. En això, roig d'ira, irrompé el primer ministre, en el mateix moment en què Rosamari començava a explicar que el príncep sanaria si menjava d'aquell pa de panís.

—Tot això és mentida! —cridà—. L'estrangera vol acabar d'emmetzinar el vostre fill.

Sense dir res, Rosamari agafà un tros de la coca i se'l menjà davant tothom. Llavors l'emperador va fer un gest amb la mà i al cap d'una mica quatre servents portaren el príncep, dins el seu llit, al saló del tron. Quan Rosamari tornà a veure els ulls malaltissos del fill de l'emperador, donà per bons tots els perills que havia passat.

El mateix emperador oferí un bocí de pa al seu fill. L'expectació era enorme en aquells moments. Amb desgana, el xiquet mossegà un tros d'aquell pa i tot d'una començà a millorar d'una forma tan ràpida que semblava cosa d'encantament. I com més en menjava, més es notava el canvi. Ben aviat li desaparegué la cremor que li encenia el rostre, els seus ulls recobraren l'alegria que havien perdut i, de sobte, s'alçà del llit i demanà més menjar. L'emoció de l'emperador i de tots els presents era indescriptible; tots estaven tan impressionats que ningú no va veure com el primer ministre s'escapolia per una de les portes del saló.

Quan l'emperador preguntà a Rosamari què volia com a mostra del seu agraïment, ella respongué que tan sols desitjava trobar els seus germans i tornar a casa dels seus avis. L'emperador consultà amb els seus consellers i finalment anuncià:

—Faré aparellar el millor dels meus vaixells i donaré ordre als mariners que no tornen fins que no hages retrobat els teus germans i tots tres arribeu al vostre país.

Immediatament es va organitzar la comitiva que havia d'acompanyar Rosamari al port. Músics, soldats i cortesans formaven l'acompanyament que travessà els carrers de Pequín entre les aclamacions del poble. I enmig del seguici, dalt d'un cavall blanc de crinera daurada, venia Rosamari radiant de felicitat.

La nau on havia d'embarcar-se era molt diferent als vaixells antics que havia vist al cinema. Tenia unes estranyes veles rectangulars de color ataronjat, reforçades amb canyes de bambú, i a la part de la proa hi havia pintat un ull. Al moment de fer-se a la mar, Rosamari mirà cap al cel i tingué una gran alegria: enmig del blau voleiava un estel amb un cavaller que acaçava un drac vermell.

Feia una estona que navegaven, la mar i el cel apareixien serens, tot i que per la banda d'estribord treien el cap uns núvols blancs i redons. Sola al castell de popa, Rosamari es preguntava si arribaria a trobar els seus germans. Se sentia fatigada, tancà els ulls una mica i es deixà bressolar pel moviment de la mar. El crit d'una gavina la desensonyà. Obrí les parpelles i la seua mirada es va perdre tranquil·la entre el blau de les ones. Tornà a sentir-se el crit de la gavina i, com si això fóra un avís, Rosamari es va girar i va veure que un mariner venia cap a ella. Però aquell mariner era diferent als altres, duia una capa amb una caputxa que li amagava el rostre, i el seu caminar, lent i decidit, semblava el d'un home important. Quan el mariner s'aturà al seu costat, Rosamari es va inquietar.

—No et fa por la mar? —li preguntà una veu hipòcritament suau.

Rosamari negà amb el cap mentre tractava de reconéixer aquella veu odiosa. Llavors, molt a poc a poc, el fals mariner es llevà la caputxa i, com en un malson, aparegué el rostre del primer ministre amb els ulls flamejants pel desig de venjança. Rosamari volgué demanar ajuda, però l'espant i la sorpresa li ofegaren el crit. En això el ministre tragué una daga i li preguntà:

—I això no et fa por?

I dient aquestes paraules li llançà una punyalada amb intenció de ferir-la. Rosamari esquivà el colp i cridà amb totes les seues forces. Però els mariners estaven tan ocupats lligant una vela que s'havia desfermat, que no van sentir res. La xiqueta es veié perduda: era impossible fugir, tard o prompte aquell home la mataria. Darrere seu, la mar s'inflava com si es preparara una tempesta. Aleshores Rosamari va veure el tronc d'un arbre flotant prop del vaixell i en el moment en què el ministre li tirava una altra punyalada, es llançà a la mar.

La fortuna volgué que una ona acostara el tronc al punt on havia caigut Rosamari. Nadà un poc i s'aferrà a la soca mentre cridava amb l'esperança que els mariners del vaixell la veieren. Però tot va anar d'una altra manera. De sobte les aigües, tranquil·les fins aquell moment, començaren a agitar-se i un fortíssim vent aixecà vels de bromera damunt les ones. La mar es commogué des de les profunditats més llunyanes, canviant el color blau de la calma pel verd alterat del temporal.

Amb desesperació, Rosamari s'adonà que les ones se l'emportaven lluny del vaixell i que els mariners ja no podien sentir-la. I la tempesta creixia i una nuvolada espessa i fosca s'estenia pel cel. Un instant de silenci li permeté sentir una remor sorda que s'acostava. Rosamari pressentí el perill, mirà al seu voltant però sols va veure una muralla d'aigua, immensa i amenaçant, que li queia al damunt. Va creure que allò era el final, que l'onada se l'emportaria cap al fons i que ja no tornaria a veure el sol. Però no fou així. Inesperadament notà que

s'elevava, que ascendia, que pujava fins a la cresta de l'ona i que s'hi mantenia empesa per la força de l'aigua. I l'onada avançava, corria, i se l'emportava molt lluny, enmig d'una mar eriçada d'ones altes i punxegudes.

Rosamari buscà sobre l'horitzó la línia de la costa o el perfil llunyà d'alguna illa salvadora, però no hi va veure res. Llavors, allà on el cel s'ajuntava amb la terra, descobrí una taca fosca que creixia molt ràpidament. I al cap d'una mica, distingí la silueta d'un vaixell que venia al seu encontre. Era una nau de tres pals, com aquelles que havia vist en les pel·lícules de pirates. L'embarcació feia perilloses brandades a tots dos costats, i semblava que d'un moment a l'altre s'haguera d'enfonsar. Dalt de la seua ona, Rosamari va pensar que aquella nau desapareixeria en estavellar-se contra el poderós mur d'aigua.

I el xoc es produí, però el vaixell no es va enfonsar. Rosamari comprovà com la nau s'elevava fins a la seua altura enmig d'un núvol de bromera, i al mateix temps es veié llançada contra el velam de l'embarcació. La vela major aturà la caiguda i Rosamari lliscà tela avall fins a la coberta del vaixell. Allí, aferrat al pal, va trobar el seu germà Miquel que la mirava amb ulls espantats. La sorpresa i l'alegria dels germans foren tan grans que, per uns instants no saberen què dir. Finalment, Miquel va preguntar:

—Què en saps, de Cinto?

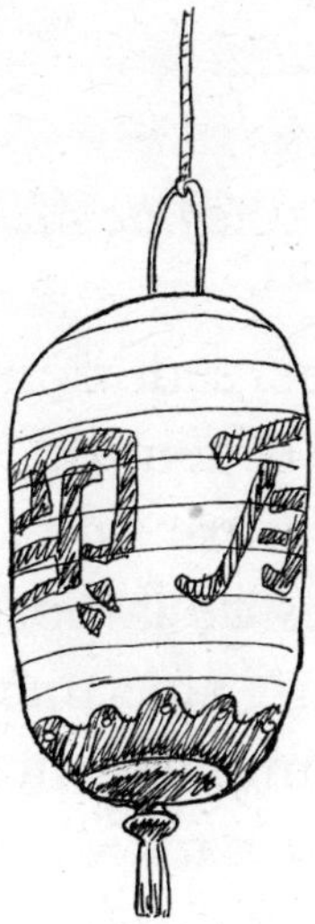

8. El volcà de Mimbwé

Cinto es despertà de bon matí a causa dels crits d'alegria de la gent de la tribu. Així que obrí els ulls, va veure Nkusu, molt content, que el cridava des de la porta de la cabanya. S'alçà de seguida i anà amb el seu amic. El que va veure semblava increïble: el poblat havia estat envaït pacíficament pels animals que els bantus més s'estimaven. Antílops de totes les classes, zebús i uns estranys bous de banyes altes i gruixudes recorrien el poblat, mentre homes i dones s'afanyaven a tancar-los dins un corral. La caça que feia mesos que faltava, havia retornat al poblat del bon Wako.

Cinto i Nkusu s'uniren a la resta de la tribu que, amb pals i crits, tractava de fer entrar els animals entre les tanques que formaven el corral. Quan l'últim animal entrà a la cleda i el poblat recuperà la tranquil·litat, Wako i Mimbwé anaren a parlar amb Cinto. El bruixot li va dir:

—Has tornat l'alegria al nostre poble i sempre tindràs el nostre agraïment. La història de la teua vinguda i dels teus dibuixos es contarà entre nosaltres per sempre més, així com la història del rei Bukele.

Cinto quedà impressionat: ell seria el protagonista d'una de les rondalles de Mimbwé i el seu nom sonaria en les nits de la selva quan el bruixot contara a tots les històries dels moments més importants de la tribu. Per molt que li pogueren oferir, aquell era el regal més bonic del món.

—I ara nosaltres —afirmava Wako—, complirem la nostra paraula. Mimbwé et farà tornar amb els teus germans.

Mentre parlaven es preparava una dansa al centre del poblat. Uns tambors petits començaren a sonar amb un soroll agut de soca buida. De seguida uns tabals més grans els respongueren amb un so més greu. Sonaren de nou els primers convidant els altres, i al moment, com si es tractara d'una persecució, retrunyiren els grans tractant d'atrapar-los. A tot això s'havia format una fila d'homes i dones que avançaven molt lentament, amb passets curts, seguint el compàs dels tabals, i uns altres homes tocaven unes flautes molts llargues que sonaven com xiulets.

Quan la dansa acabà i s'hi va fer el silenci, Wako anuncià que Cinto se n'anava. Tothom es posà trist, principalment els xiquets, però tots comprenien que Cinto havia de tornar amb la seua família. En el moment de partir, Wako li va regalar un collaret de pedres blanques i blaves que tenia al centre un trosset de tela amb un cercle blau.

Cinto i Mimbwé abandonaren el poblat i s'endinsaren en la selva. El bruixot caminava a grans camallades i al xiquet li costava seguir-lo, ja que tothora es distreia mirant els ocells que xerrotejaven, o els micos que es gronxaven a les branques dels arbres. Finalment van arribar al peu d'una muntanya que tenia un aspecte estrany: no hi havia ni un sol arbre i la terra era de color rogenc amb vetes negres. Quan començaren la pujada, Cinto buscà el cim amb la vista i s'espantà quan es va adonar que aquella muntanya era un volcà. Mentrestant, Mimbwé continuava al seu pas i no deia ni una paraula.

Una volta arribats al cim, Cinto s'abocà al cràter del volcà i veié, tot al fons, un cercle vermell que fumejava. Llavors Mimbwé tragué d'una bossa una màscara i amb molta cerimònia se l'ajustà a la cara. Era una estranya carassa, redona i de color rogenc, amb tires de tela al voltant que amagaven el coll i els muscles del bruixot. Cinto tenia una mica de por. Aleshores Mimbwé s'acostà a la vora del cràter i pronuncià unes paraules que el xiquet no va entendre. De seguida començà a eixir del volcà una fumera blava que s'espesseïa i girava al voltant de Cinto. I a cada instant hi havia més fum i el xiquet sentí desitjos de fugir. De sobte, el fum s'elevà amb força i s'emportà Cinto per l'aire. No tingué temps ni de cridar i quan es va girar per preguntar a Mimbwé què passava, el va veure allà baix, molt menudet, dient-li adéu amb la màscara a les mans.

Durant molta estona Cinto no s'atreví ni a obrir els ulls, preferia no saber què passava. Després, a poc a poc, entreobrí les parpelles i va veure la selva com una gran catifa verda i un riu llarg com una serp que li llançava lluïssors de sol. Un poc més tard contemplà la mar com un llençol estés, i començà a pensar que era bonic volar com els ocells, sobretot quan descobrí al seu davant una gran massa de núvols com gegantins borrallons de cotó. Va riure de felicitat quan travessà la nuvolada de dalt a baix i n'isqué tot mullat.

En veure els núvols damunt el seu cap, comprengué que havia començat a perdre altura. S'adonà també que la mar ja no tenia el color blau d'abans, sinó un gris verdós que l'intranquil·litzà. Mentre continuava baixant, veié una nau antiga que lluitava amb les ones que la batien per totes bandes. Cinto pensà: «pobres dels qui vagen en aquell vaixell». Fou llavors que va notar que davallava molt ràpidament, però la seua por augmentà en adonarse que anava tot dret contra la nau. Cinto tancà els ulls tement el xoc contra l'embarcació, però, com si una força màgica haguera actuat, quedà suspés en l'aire i finalment, amb molta suavitat, es posà sobre la coberta del vaixell.

Quina sorpresa quan va trobar-hi els seus germans! Miquel i Rosamari oblidaren per un moment el perill en què es trobaven i abraçaren el seu germà menut. Quan, per fi, recobrà les forces per parlar, Cinto els va preguntar amb la seua innocència de sempre:

—Com ho farem per tornar a cals iaios?

9. La Penya dels Pirates

La pregunta de Cinto quedà sense resposta, semblava impossible que pogueren tornar a casa, ben al contrari, el temporal havia refermat i cada ona que batia la nau era més forta que l'anterior. I el vaixell s'enfonsava i s'aixecava entre muntanyes d'aigua, amb la coberta plena de bromera, i començava a sentir-se un cruixit inquietant. Llavors el cel s'aclarí una mica, la llum canvià i la mar es mostrà de color verd com l'herba dels prats. De sobte, quan menys s'ho esperaven, una onada immensa colpejà la nau pel costat d'estribord i es va sentir un soroll sec i fort. Miquel, Rosamari i Cinto miraren per totes bandes i de seguida van veure que la popa del vaixell començava a enfonsar-se, i que la proa s'aixecava, s'elevava buscant el cel. Els germans s'aferraren amb totes les forces al pal, però la nau seguia agafant inclinació i la mar ja els mullava les cames. Un nou colp per la banda d'estribord enfonsà el pal major i els xiquets quedaren enmig de la mar a mercé de les ones. Del vaixell, tan sols s'hi veia la proa a punt de desaparéixer en la mar.

Llavors un llamp esgarrà els núvols i es va sentir un tro que commogué les fondàries de la terra. I les ones es convertiren en un deliciós prat verd, la proa del vaixell es tornà de pedra i el cel recobrà el blau intens d'una vesprada d'estiu. Miquel, Rosamari i Cinto aparegueren tombats damunt l'herba que voltava la Penya dels Pirates.

Els tres germans es miraren en silenci per uns instants, com si volgueren dir: «si sabéreu què m'ha passat, a mi». Però la felicitat que sentiren en veure's de nou a casa fou tan gran, que tots tres s'alçaren i s'abraçaren entre crits d'alegria. Quan cessà la gresca, es van mirar i Rosamari preguntà en veu baixa, com si li fera por dir:

—I què els direm, als iaios i als pares?

Amb aquestes paraules, l'alegria deixà pas a la preocupació.

—Ostres, quina passada! —féu Miquel tot capficat—. Hem estat un dia, o més, pegant bacs pel món.

—De segur —s'angoixava Cinto— que estan buscant-nos per totes bandes, i que han fet vindre els pares, i que...

Sense que ningú hi diguera res més, els tres germans arrancaren a córrer cap al poble. En un llamp tramuntaren el Puig Vermell i davallaren la senderola que conduïa a Benitallat. Travessaren la plaça del poble a esclatacor i arribaren a casa dels avis en el moment en què el rellotge de l'ajuntament tocava les cinc.

En contra del que s'esperaven, la casa dels avis apareixia completament tranquil·la. L'àvia feia calça a la vora d'un finestral entretancat.

—Hola, xiquets, ja heu vist el poble?

Miquel, Rosamari i Cinto escoltaren l'àvia sense poder dissimular la sorpresa. Així que els avis no en sabien res? Era possible que totes les aventures que havien viscut hagueren ocorregut en una hora tan sols? Els germans es miraren somrients: de segur que el Mag de l'Esfera havia fet servir els seus poders.

Veient que els xiquets no deien res, l'àvia continuà parlant:

—L'avi encara és al llit, però ja no deu tardar. Jo m'he alçat un poquet abans perquè

fa tanta calor... —i repassant l'aspecte dels seus néts afegí:— aneu tots suats, ja us havíem dit que a aquestes hores no es pot eixir, que fa un sol que bada les pedres.

En això comparegué l'avi, que els preguntà amb una mica de sorna:

—Ei, nanos, heu descansat prou?

Havent dit això, obrí la porta de l'hort i donà a cadascun un cabàs d'espart. L'àvia deixà la calça i s'uní al grup. Camí dels ametlers, l'avi continuava amb les seues bromes:

—Fer ametles no és tan divertit com mirar la televisió; però, almenys, te les pots menjar.

Després, mentre arreplegaven ametles entre els terrossos dels bancals, els xiquets recordaven les aventures que havien passat i els amics que hi havien fet: Búfal Furiós, Zeng Hwo, Nkusu. De sobte, un ocell daurat refilà entre les branques d'un arbre i tot d'una emprengué el vol. Com si hagueren tingut el mateix pensament, Miquel, Rosamari i Cinto es dreçaren per mirar les muntanyes que voltaven el poble, i prop de la serra de la Creueta, just al costat del Puig Vermell, van veure el pic de la Penya dels Pirates, que semblava, més que mai, la proa d'un vaixell.

ÍNDEX